AF613350

LETTRES

A UN AMI,

DÉPUTÉ DE DÉPARTEMENT.

IMPRIMERIE DE C. J. TROUVÉ,
RUE DES FILLES-SAINT-THOMAS, N° 12.

LETTRES

A UN AMI,

DÉPUTÉ DE DÉPARTEMENT,

SUR

LA QUESTION D'INDEMNITÉ

AUX ÉMIGRÉS.

A PARIS,

CHEZ C. J. TROUVÉ, IMPRIMEUR-LIBRAIRE,

RUE DES FILLES-SAINT-THOMAS, N° 12.

1824.

AVERTISSEMENT.

Ces lettres n'étoient pas destinées à la presse; elles répondoient à la confiance d'un ami qui avoit bien voulu me témoigner le desir d'avoir mon opinion sur les moyens à prendre pour remédier aux funestes effets des confiscations révolutionnaires dont les émigrés ont été victimes, et dont enfin on paroît vouloir s'occuper. Cet ami, et quelques personnes auxquelles elles ont été communiquées, ayant pensé que, dans la circonstance actuelle, les questions qui touchent aux bases de l'ordre social ne pouvoient être trop éclairées, je cède à leur desir, et les offre au public. Puissent-elles être utiles! Sans doute ce dernier ne me recevra pas avec l'indulgence de l'amitié: ce n'est pas d'aujourd'hui que la vérité déplaît à beaucoup de monde; mais, dans aucun temps, on n'a autant repoussé sa nudité : pour satisfaire le goût du jour, il faudroit la couvrir d'un voile peu diaphane. Les idées que renferment ces lettres froissent d'ailleurs celles que tant de gens ont adoptées par intérêt ou sans examen; que si l'on m'accorde la faveur de me lire, je dois m'attendre à plus d'une critique sévère : il est si commode pour quelques-uns de traiter d'utopiste quiconque pense qu'il est encore des remèdes au malaise du corps social, en les cherchant parmi les moyens avoués par la raison, présentés par la justice!! Ces remèdes seroient bien desirables, dit-on; mais l'application en est *impossible :* tel est l'argument irrésistible et tranchant de la timidité ou de la paresse d'esprit. Ce même mot *impossible* est encore l'argument le plus court de l'intérêt : tant de gens se sont si bien trouvés et s'accommodent encore des innovations modernes en morale, qu'ils craignent, par-dessus tout, que l'on rétrograde sur ce point. Qui sait si même, parmi les spoliés, quelques-uns ne trouvent mieux leur compte dans les secours que la munificence royale accorde à l'exposé qu'ils font de leurs pertes sans contradicteur, qu'ils ne le trouveroient dans le réglement de leurs véritables droits?

Enfin, beaucoup d'autres, par diverses raisons, penchent vers une loi de secours arbitrairement répartis, afin d'apaiser le cri public, et, toujours fidèles au système de confusion adopté par la révolution, ne veulent pas qu'on s'occupe du fond des choses. Il faut élever, disent-ils, un mur d'airain entre le passé et l'avenir, etc., etc. Mais ce n'est point à ces différents personnages que je m'adresse; on ne peut convaincre qui ne veut pas raisonner. J'écris de bonne foi, et c'est aux hommes de bonne foi que mes idées sont soumises : je les crois justes; elles doivent se trouver en harmonie avec les leurs. Ils s'apercevront facilement que ces lettres, écrites à la hâte, avec abandon, ne disent pas tout ce qu'on pourroit dire; mais j'ose espérer qu'ils y verront des jalons alignés, que le désordre des phrases ne les empêchera pas d'apercevoir. Les hommes justes doivent craindre, ainsi que moi, qu'on ne se trompe de plus d'une facon sur l'intéressant objet que je traite. En effet, mieux vaudrait s'en tenir encore provisoirement au *statu quo,* quelque urgent qu'il soit d'y remédier, que d'apporter au mal des remèdes qui, loin de le guérir, le rendroient incurable dans ses futurs effets. Je desire convaincre ces estimables lecteurs, que si l'on se trompait, ce ne pourrait être que faute d'avoir examiné ces grands intérêts sous leur vrai jour ; je desire les mettre en garde contre ceux qui chercheroient à les effrayer sur les conséquences de la justice rendue, les priant d'examiner avec la plus scrupuleuse attention les motifs apparents des opinions contraires, en cherchant à découvrir ceux qui pourraient être secrets. Enfin, je desire que, rendant aussi justice à mon intention, les hommes qui partagent mes principes, les vrais amis du Roi, de leur religion et de leur patrie, m'approuvent ; leur approbation sera ma récompense. Je crains peu d'autres critiques.

LETTRES

A UN AMI,

DÉPUTÉ DE DÉPARTEMENT.

PREMIÈRE LETTRE.

Bretagne, avril 1824.

Enfin, mon cher ami, le Roi a parlé; et l'on peut espérer de voir bientôt nos hommes d'Etat s'occuper de cicatriser nos plaies révolutionnaires, encore si vives et si profondes. Parmi ces plaies nombreuses, on place, à bon droit, presque en tête, le triste effet des confiscations; car il n'en est point de plus dangereuse, sous les rapports moraux et politiques; et l'on peut ajouter que les funestes conséquences de ces confiscations s'étendent déjà et s'étendroient de plus en plus, en France, sur toutes les parties du corps social, ainsi qu'une lèpre. Tous les gens sages pensoient avec raison, depuis long-temps, que, de toutes ces plaies, celle-ci étoit la première à guérir, sa cure pouvant contribuer puissamment à celle des autres. Mais quel est le baume que l'on y doit appliquer? et de quelle manière y doit-on placer l'appareil? C'est ce qui me semble encore irrésolu. Je vous avoue que, suivant moi, c'est au défaut d'avoir suffisamment vu et sondé cette blessure, ainsi qu'elle le doit être, que tient cette incertitude. Je ne nierai point que cette cure ne présente quelques difficultés; mais qu'on l'examine sous son véritable jour, que l'on cherche de bonne foi, avec sagesse et justice, les remèdes qui lui sont propres, et l'on sera convaincu bientôt, je n'en doute point, que ces difficultés ne sont pas insurmontables.

M. de Montlozier prétend que la question concernant les émigrés n'a point été posée dans ses vrais termes, et je le pense comme lui. Cependant il est bien essentiel de la poser, cette question, comme elle doit l'être, une bonne fois, si l'on veut sincèrement en finir; sans quoi l'on s'exposera de nouveau à n'apporter au mal que de foibles palliatifs, ces tristes ressources en politique comme en médecine. Et puisque votre amitié veut bien me témoigner le desir d'avoir mon opinion particulière sur cet intéressant objet, je vais essayer de le considérer avec vous sous son vrai point de vue.

Avant d'entrer en matière, il me semble d'abord utile, mon cher ami, de vous faire avec franchise ma profession de foi sur ce que l'on nomme *le haut domainè de Rois.* Je suis, vous le savez, bien sincèrement dévoué à mon Prince; je crois en avoir fourni plus d'une fois la preuve, et ne balancerois pas à lui en donner de nouvelles, mais sans croire pour cela son domaine absolu, et autre que celui de gouvernement; car je pense là-dessus tout-à-fait comme saint Thomas, lorsqu'il dit : *Altum dominium ad gubernandum, non verò ad retinendum, vel aliis dandum.* Et quand vous lirez dans le tome 2, livre 2, *des Conférences de Paris*, que le Roi ne peut déroger, *sous quelque prétexte que ce soit*, à la loi naturelle et *à la loi divine;* que Sénèque vous dira dans son ouvrage (*de Beneficiis*, livre 4) : « Le souverain » n'a que la *puissance sur tout*, *les individus* » *ont la propriété;* » sous un bon gouvernement, le Prince *possède tout à titre de souveraineté*, et les citoyens à *titre de propriété;* et qu'enfin Portalis lui-même, dans la discussion du Code civil, ajoute : «*Au citoyen appartient la propriété,* » *et au souverain l'empire : telle est la maxime*

» *de tous les pays et de tous les temps*, etc.; » que *l'empire ne renferme aucune idée de do-* » *maine proprement dit*, etc., etc. : » vous verrez que je ne suis pas seul de mon opinion; et, me trouvant en assez bonne compagnie dans l'antiquité comme dans le temps moderne, vous me dispenserez, j'en suis sûr, volontiers, de la soutenir par beaucoup d'autres citations, et surtout par les argumentations de l'école; et si cette profession de foi vous paroissoit trop franche, je vous répondrois avec Bossuet : « Ce n'est pas » offenser les Princes ni les Etats, que de leur » montrer les règles que Dieu a données à la » société et au commerce, n'y ayant rien de » plus digne d'être réglé par ses lois. »

Ceci posé, vous penserez sûrement qu'à plus forte raison je refuse ce haut domaine aux assemblées délibérantes, qui, à mes yeux, dans les monarchies, sont des conseils, et non des pouvoirs (comme on le dit improprement aujourd'hui); et cela est vrai : ainsi, tout député que vous êtes, je ne vous le donnerai pas davantage. Où en serions-nous, ou plutôt que deviendroit la société, si des réunions d'hommes avoient le droit de déranger, à leur gré, les lois de la justice commutative? Hélas! nous en avons fait la triste expérience, et ce dont nous nous occupons ici est le fruit de son usurpation momentanée. D'après cela, les intérêts des émigrés étant ceux de propriétaires dont on ne peut contester *le droit*, bien qu'ils ne possèdent plus *en fait*, ne peuvent offrir que des questions de justice, et non de celles que l'on est libre de placer suivant sa manière de voir particulière, et résoudre de façon ou d'autre, pourvu qu'elles soient résolues, ainsi qu'on le dit, pour le mieux. Si je commence, mon bon ami, par établir ces principes, c'est qu'ayant suivi avec quelque attention les discussions qui ont eut lieu en 1814, les termes de la loi alors intervenue, l'exécution de cette loi, et la plupart des écrits sur cette matière, etc., j'ai reconnu que l'on ne s'étoit que trop écarté, en général, de ces règles immuables de justice, et que je crois avoir lieu de craindre qu'on ne s'en écarte de nouveau. Dans l'examen de la loi du 5 décembre, lisez avec réflexion le préambule d'abord, et vous verrez combien il est en harmonie avec le dispositif de cette loi. « Par notre ordonnance du 21 août, » dit le Roi, nous avons rendu à l'état civil une » classe recommandable de nos sujets, *long-* » *temps victimes de l'inscription* sur les listes » d'émigrés, *en leur rendant cette première jus-* » *tice*, etc. » Les émigrés sont donc des citoyens recommandables, victimes, rendus à l'état civil, auxquels le Monarque desire faire justice, et non faire grâce, etc. Or, s'il sont rendus à l'état civil, ils doivent être traités comme les autres citoyens, et leurs intérêts régis par le code commun à tous, etc. Et d'où vient que l'on évite d'abord avec tant de soin le verbe restituer; que l'on maintient, à l'égard d'un grand nombre, l'effet des confiscations, par les réserves des articles 7 et 8 de la loi, et l'exception des rentes sur l'Etat? D'où cela vient? De ce que, dans le fait, on a voulu jusqu'ici conserver l'idée de haut domaine absolu à tous les gouvernements passés et à venir, parce que la révolution *est là* et *toute là;* faire regarder l'article 545 du Code, et le 10e de la Charte comme une concession bienveillante, et non comme un droit du citoyen; et qu'enfin on a voulu faire aux émigrés une remise de grâce, et non une remise de justice. La pénurie des finances alors, me dira-t-on peut-être, fut la cause de ces exceptions : mais depuis quand un défaut de finances ou toute autre charge de l'État doit-il porter exclusivement sur un certain nombre d'individus seulement? Que devient pour ceux-là l'égalité devant la loi, si hautement et si souvent proclamée? Il est vrai que, pour prouver que la remise faite en 1814 est toute de justice, on a chargé les émigrés de leurs dettes ; ce qui n'auroit pu avoir lieu, si elle eût été une remise de grâce. Mais cela encore a été une inconséquence et une façon nouvelle de mettre ces malheureux hors du droit commun : car, moins heureux que le banqueroutier qui, lorsqu'il a déposé de bonne foi son bilan et abandonné ses valeurs, est quitte envers son créancier, qui n'est payé qu'au marc le franc, l'émigré a été obligé de payer, sur la foible portion de ses biens qui lui a été rendue, la totalité de la dette dont toute son ancienne fortune étoit l'hypothèque ; et l'on sait, comme le dit lui-même M. Dard, que, lorsqu'il y a eu discussion devant les tribunaux et le Conseil d'État, les premiers et le second l'ont moins épargné qu'ils ne l'eussent fait sous l'usurpateur.

Je ne m'étendrai point ici, mon cher ami, sur les détails d'exécution de cette loi de 1814 ; quelque défavorable qu'elle soit, elle est loin d'être exécutée. Et quand le sera-t-elle ? Bien des gens paieront peut-être encore pendant de longues années des lits d'hôpitaux qu'ils n'ont pas le pouvoir d'occuper ! Je ne vous parlerai point non plus de cet empressement de forclore les décomptes que la négligence du domaine avoit omis de faire rentrer, etc., etc., et que les pauvres propriétaires n'avoient pas été à lieu de presser. Tout cela nous mèneroit trop loin ; je ne pourrois que vous répéter ce qui a été déjà dit cent fois, ce que vous avez vu vous-même. Et après avoir jeté un coup-d'œil rapide sur le tissu d'injustices et d'erreurs qui forme ce que l'on peut appeler la législation sur les émigrés depuis trente ans, j'ajouterai seulement, avec M. de Montlozier encore, que l'esprit s'y perd, et je ne doute point que vous n'en conveniez.

Sans doute, les idées d'équité nous survivront, et passeront aux générations futures, car point de société possible sans elles; et je serois fort curieux de voir ce que, dans l'avenir, un homme juste, éloigné de toutes les petites considérations qui altèrent aujourd'hui la pureté du jugement de tant d'hommes instruits, pensera des antagonistes des émigrés, comme de leurs défenseurs mêmes, surtout lorsqu'il verra que ces gens si maltraités n'étoient pas seulement des hommes faits, majeurs et libres, qui ont pu délibérer l'acte qui a causé leur ruine, mais qu'un très-grand nombre se composoient de femmes en puissance de mari, de mineurs et d'enfants presque au berceau, de prêtres déportés par ordre, d'individus sortis du territoire avec des passeports, et même tout simplement incarcérés; enfin, d'êtres foibles, plus particulièrement sous la protection des lois de tous les peuples civilisés, etc.; que l'autre part se composoit de serviteurs les plus fidèles du Roi, des débris d'un des premiers corps de l'État, des fils des compagnons de François Ier, de Henri IV et de Louis XIV; que leur Roi lui-même étoit à leur tête, etc.; il s'écriera dans sa surprise, je le crois, avec plus de raison peut-être que l'orateur romain : O temps! ô mœurs! car, cherchant en même temps dans nos vieilles lois, comme dans celles de l'époque, la raison de la condamnation en masse éprouvée par eux, il y verra qu'autrefois la confiscation des propriétés du moindre citoyen n'étoit applicable que pour crime de félonie, et après jugement qui n'a point eu lieu, et que la Constitution de 1791, ouvrage des spoliateurs, a abolie même, comme toutes celles qui l'ont suivie.

D'autres erreurs se glissent, mon cher ami, dans la manière de voir de bien des gens sur cette affaire. Il est ordinaire d'entendre comparer d'abord les spoliations faites en France à celles qui ont eu lieu dans la révolution d'Angleterre, qui n'ont point été restituées, dit-on. Véritablement il faut avoir bien peu lu, ou être de bien mauvaise foi, pour y trouver similitude. Est-ce donc la même maison régnante qu'avant cette révolution, la même religion, les mêmes mœurs? Et, d'autre part, les désordres affligeants de l'Irlande, la difficulté qu'éprouvent les Catholiques romains à recouvrer leurs plus justes droits politiques dans les trois-royaumes, sont-ils donc un objet d'envie? Mais je mettrai de côté cette objection, comme celle que l'on tire de la perte des assignats et autres propriétés mobilières, si bien réfutée par les principes qu'établit M. Bergasse, croyant tout-à-fait superflu de m'y arrêter avec vous. Espérons que les hommes qui nous dirigent sont trop instruits et de trop bonne volonté, pour s'y arrêter davantage, et se laisser surprendre par de si foibles sophismes, et qu'ils diront avec nous que M. l'abbé de Montesquiou avoit raison, lorsqu'il disoit, en 1814, tout simplement: « La France a faim et soif de la justice; » j'ajouterai: et non d'arguties. On le peut encore aujourd'hui répéter comme lui, et je puis affirmer que tout moyen proposé qui s'écarteroit de cette dernière, ne pourra la rassasier. En effet, mon cher ami, l'homme d'Etat a plus d'un but à atteindre en traitant les intérêts des émigrés: ce n'est pas seulement à leur misère qu'il faut remédier, des secours distribués, suivant les besoins, suffiroient pour cela ; il faut encore montrer que l'on déteste véritablement l'injustice, que son règne ne peut jamais être que précaire; afin de détruire l'effet de son dangereux exemple dans l'esprit des peuples, il faut rendre aux biens spoliés leur véritable valeur commerciale, et à leurs possesseurs actuels la considération, s'il se peut; enfin, il faut satisfaire cette conscience publique que l'on ne sauroit méconnoître; et j'ajouterai, ce que j'aurois dû mettre en première ligne: il faut, sous le rapport religieux, dans un royaume chrétien et catholique, détruire le scandale que cause la possession du bien d'autrui, sous la protection des lois, en violation des Commandements de Dieu et de la divine morale de l'Evangile. Or, pour parvenir à ces différentes fins, tout dépend du point de départ dans le raisonnement nécessaire pour en trouver les moyens. Dans l'État, ce point de départ ne peut être autre, à mon avis, que les articles 9 et 10 de la Charte, que je m'empresse de citer, afin qu'on ne m'accuse pas de les vouloir éluder : qu'on les applique aux émigrés et à leurs acquéreurs, comme citoyens égaux devant la loi, et l'on verra comme leurs droits et ceux de l'État viendront, pour ainsi dire, se régler d'eux-mêmes, ainsi que ceux de leurs créanciers; tant il est vrai que la route tracée par la justice est non-seulement la meilleure, mais presque toujours la plus facile et la plus courte! En effet, commençons par dire : « L'article 9, qui consacre l'inviolabilité » des propriétés, n'établit pas un principe nou-» veau, il ne fait que répéter ce qui étoit et ne » sauroit cesser d'être, pour affermir les ventes » nationales, avec acquiescement à leur alié-» nation pour cause d'ordre : aussi il est à re-» marquer que l'article 10, qui le suit, s'em-» presse d'ajouter la faculté d'indemniser de leur » cession pour cause d'utilité publique. » D'après cela, la propriété de l'émigré étoit donc inviolable; elle n'a pu être violée que dans un temps de désordre, et sa spoliation confirmée ne peut l'être que moyennant une indemnité qui, si elle n'a pu être préalable, doit au moins être donnée aussi promptement que possible, et surtout être *pleine et juste*. Et, d'autre part, l'acquéreur étant aussi, comme citoyen, passible de la nécessité de céder ce qu'il possède pour cause de la même utilité publique, le Gouvernement, chargé d'indemniser, est libre de choisir entre les deux citoyens lequel il lui est plus facile, plus convenable et moins coûteux de dédommager : c'est ce que l'on ne peut raisonnablement contester. En deux mots, que doit-on à l'émigré? Sa propriété, ou le prix que lui a coûté sa propriété, s'il l'a rachetée, soit directement de l'État ou d'autres mains, ou la valeur entière de cette propriété, si elle se trouve aux mains d'un tiers. Que doit-on à l'acquéreur de biens d'émigrés? Le maintien de ses droits, suivant la promesse du Roi, ou l'indemnité *de sa perte*, si, pour le bien public, on détruit l'effet de son contrat. Et remarquez bien que, pour ce dernier, je dis qu'il doit être indemnisé de sa perte seulement, car, d'après cette vieille maxime : « *Jure* » *naturæ æquum est neminem cum alterius de-* » *trimento*, etc. », il n'est pas plus permis de s'enrichir injustement aux dépens de l'État qu'aux dépens d'un particulier, et les temps de trouble ne sont point une excuse. Si l'État le traite autrement, c'est alors une véritable faveur, un don, mais non pas un acte de justice; tandis qu'envers le premier propriétaire, c'est cela, et ce n'est que cela, non encore entier, puisqu'il a perdu les fruits, et que l'autre en a profité. C'est donc à ces deux questions que tout se réduit dans cette grande affaire, encore pourroit-on les renfermer dans celle-ci : Des spoliations ont eu lieu; pour en réparer les effets dé-

BIBLIOTHÈQUE ROYALE

sastreux, auquel doit-on payer? Le bon sens répond : A celui à qui l'on devra judicieusement le moins, et dont le réglement d'intérêt sera non-seulement, en résultat, moins pesant pour l'État, mais de meilleur exemple en morale. C'est, mon ami, ce qui nous reste à examiner ensemble. Mais comme je m'aperçois que cette lettre est déjà fort longue, et que les développements qui me restent à ajouter finiroient par en faire un volume, je vous les réserve pour un des prochains courriers, et termine en vous renouvelant l'affectueuse expression des sentiments qui vous sont connus, lesquels seront invariablement pour vous ceux de votre ami,

Le Comte L. D.

DEUXIÈME LETTRE.

Bretagne, le avril 1824.

La rectitude de votre jugement, mon cher ami, m'est un sûr garant que vous aurez acquiescé à la façon de voir que je vous ai exprimée dans ma dernière, sur les droits des émigrés, ne croyant pas m'être trompé; et, supposant que nous sommes convenus ensemble, 1° de la nécessité d'une indemnité juste et entière; 2° de la faculté appartenant à l'Etat d'indemniser l'ancien propriétaire ou le nouveau possesseur à son choix, il nous reste à voir ce qu'il est plus opportun de faire dans l'intérêt général, sur quelle base on doit opérer, enfin quels sont les vrais droits de chacun. Il faut commencer par le dire: les émigrés, d'une part, ne sont pas tous dans la même position envers l'Etat; de l'autre, les acquéreurs de leurs biens ne sont pas non plus en position semblable dans la société; de sorte qu'avant de juger, nous aurons à examiner avec attention les différences qui les rangent, pour ainsi dire, par classes ou catégories les uns et les autres. 1°. Les biens d'une certaine quantité d'émigrés ont été rachetés pour eux par leur famille, directement des administrations républicaines, et au même prix que se vendoïent les autres biens de cette nature. Que doit-on à ceux-là ? Leur propriété? Non, puisqu'elle est entre leurs mains, mais le prix qu'elle leur a coûté de la nation, réduction faite des valeurs fictives en assignats et mandats en valeur réelle. D'autres ont racheté les leurs de ceux qui les avoient acquis ; que leur doit-on aussi ? La valeur de cette propriété? Non encore, mais le prix qu'ils ont déboursé, et qui est énoncé dans leurs contrats authentiques ; et heureusement ces deux classes sont très-nombreuses. D'autres ont transigé avec les possesseurs, et approuvé leurs acquisitions pour un dédommagement quelconque. Sans doute, ce dédommagement a toujours été accepté, par la crainte de ne rien avoir ; il n'y avoit pas liberté de traiter chez celui qui recevoit, et conséquemment, en droit, le traité pourroit être nul ; mais ne le considérons pas ainsi, et disons : Qu'est-il dû à l'émigré qui l'a reçu? Le prix de sa propriété, distraction faite de la somme qui lui a été payée, et qui, pour être connue, doit être demandée à la bonne foi, par déclaration sur l'honneur, et signée avant de recevoir liquidation du surplus, à peine de n'en être pas payé, dans le cas de preuve qu'il en eût imposé : car ce seroit fraude envers l'Etat, qui doit être déchargé d'autant, comme des décomptes, s'il en a été recouvré. Enfin, qu'est-il dû à ceux qui n'ont pu racheter, et dont le bien est encore en main tierce? Ah! je ne balance pas à le dire, la propriété, ou toute la valeur de la propriété, estimée dans l'état (intrinsèquement), ou reportée à la valeur proportionnelle des biens au moment où la confiscation a eu lieu; *car nul n'a le droit de réduire à son gré cette valeur*, et sous aucun prétexte.

Telles sont, mon cher ami, dans le cas où ce seroient les émigrés que l'on voulût indemniser, les bases sur lesquelles on doit établir l'indemnité; et je ne pense pas que l'on puisse les rejeter sans injustice. J'ai souvent entendu parler de proportions de tiers et de moitié de la valeur des biens en 1791; et, d'après les procès-verbaux d'experts faits alors pour préparer les ventes, je crois me rappeler que c'étoit ainsi que l'on pensoit en 1814, et que devoit procéder M. le duc de Tarente, dans sa proposition. Mais voyez où nous conduiroit un semblable mode, outre qu'il est injuste en principe. D'abord, il est difficile de retrouver tous ces procès-verbaux préparatoires de 1791. On sait d'ailleurs avec quelle équité ils étoient généralement dressés; et comment, d'autre part, remplaceroit-on ceux qui seroient perdus? Et supposons qu'ils pussent être retrouvés tous, voyons l'effet de la mesure. Dans notre première hypothèse, la famille d'un émigré a racheté, par exemple, en l'an II, une ferme de 20,000 fr. pour la somme de cinq au plus: la loi d'indemnité lui accorde, en capital ou rentes sur l'Etat, la moitié de la valeur de 1791, 10,000 fr,, et conséquemment un bénéfice de 5,000 fr.; tandis que le malheureux dont cette ferme seroit encore en main tierce, éprouveroit une perte réelle d'autant, on ne sait pourquoi, à moins que ce ne soit en dédommagement, comme prédilection particulière, pour trente ans d'indigence. Si celui qui a racheté sa propriété l'a acquise au denier dix, il se trouveroit en balance, et à lui seul justice seroit rendue; mais s'il l'avoit payée au-dessus ou au-dessous de ce taux, il auroit perte ou profit, et l'équité oblige d'éviter l'une et l'autre; car une loi d'indemnité ne doit pas être une loterie, s'il se peut; et vous conviendrez qu'elle en seroit véritablement une. L'Etat auroit fait les sacrifices nécessaires pour rendre justice à tous, et pourtant ne l'auroit rendue à personne, faute d'avoir réglé ce qu'il devoit à chacun. Mettons sous les yeux un exemple, pour démontrer mieux la vérité de ce raisonnement, et supposons diverses propriétés vendues, valant 100,000 fr. Disons : Un tiers de ces propriétés au moins a été racheté aux ventes dites nationales par les familles, et a coûté au plus le quart de sa valeur, ce qui fait. . . 8,333 fr. 33 c.

Le second tiers a été racheté par l'émigré, de la main de l'acquéreur, par approximation sur le plus grand nombre des prix depuis 1798 à 1803 et 1804, et même depuis, au denier dix ou demi-valeur. .	16,666	66	
Enfin, le dernier tiers n'ayant point été racheté, et devant être payé tout entier par l'Etat, est de.	33,333	33	$\frac{1}{3}$
Total dû. . . .	58,333 fr.	32 c.	$\frac{1}{3}$
Et suivant le projet supposé, la somme accordée étant de.	50,000		
Pour rendre à chacun ce qui lui est dû, il reste à ajouter.	8,333	32	

c'est-à-dire un sixième environ, et qui se trouveroit encore peut-être tout-à-fait réduit, si on avoit reçu des dédommagements ou des décomptes, quelque foibles qu'ils fussent; supposition que nous n'avons point portée en ligne dans cet exemple. Or, vous m'avouerez, mon cher ami, que si, comme il le paroît, on destine trente millions de rentes à cette indemnité, comme formant l'intérêt du demi-capital de tous les biens vendus, ce seroit vouloir être injuste pour bien peu de chose, que de reculer devant six millions tout au plus. Mais ce n'est pas tout; cette injustice en occasionneroit nécessairement une autre envers l'émigré qui auroit des dettes, ou son créancier: car, si ce créancier a le droit de réclamer le capital entier de sa dette sur celui de l'émigré réduit à moitié, celui-ci est mis, comme je l'ai dit, hors du droit commun, et pour lui l'indemnité deviendra tout-à-fait illusoire. Si la créance est réduite en proportion, alors c'est une autre injustice que l'on commet envers ce créancier, et véritablement de gaîté de cœur: car, dans l'autre mode, le débiteur étant indemnisé de tout son capital, le créancier peut à l'instant se présenter à lui pour revendiquer intégralement le sien, sans intérêt bien entendu, puisque son débiteur n'a pas perçu les fruits; mais le sacritice, ne portant que sur le passé, sera égal des deux parts, justice faite en même proportion. Je pourrois faire remarquer encore combien plus l'indemnité à moitié seroit contre la justice, en faisant considérer qu'outre les propriétés immobilières, le perdant a encore été privé de beaucoup d'autres valeurs souvent très-considérables, telles que les bois, les meubles, les crédits, etc., dont je ne demande point ici le paiement, parce que ces propriétés sont mobilières, et qu'en général il me paroîtroit fort difficile, pour ne pas dire impossible, d'en fixer le prix; que, d'autre part, je pense qu'il est peu d'émigrés qui n'en fissent de bon cœur le sacrifice, et ne considérassent leur perte comme celle causée par un naufrage, ou la chute d'un édifice dans une tempête; mais au moins, il en faut convenir, cette perte doit être assez prise en considération, pour préserver d'une plus grande celui qui l'a éprouvée, surtout lorsqu'il est si facile de la lui éviter. Vous me demanderez peut-être comment le gouvernement pourroit entrer dans les détails nécessaires pour régler ainsi les vrais droits de chaque classe de perdants? Evitez Paris, vous répondrai-je, où l'on croit tout voir, tout savoir, tout connoître, et avoir le talent et le droit de tout régler; c'est-à-dire, faites d'abord établir la position du perdant et la valeur de la perte, où elle a eu lieu. Ne sont-ce pas les districts et les administrations départementales qui ont confisqué et vendu? N'est-ce pas au chef-lieu des départemens que se trouvent les minutes des actes de ces administrations, les contrats, les procès-verbaux, etc., enfin tous les moyens possibles de s'éclairer? N'est-ce pas dans les communes que se trouvent les matrices de rôles qui peuvent suppléer aux procès-verbaux égarés? Les baux des fermes antérieurs à la révolution ne sont-ils pas chez les notaires des lieux où les biens sont situés? etc., etc. Pour détruire les effets des confiscations, suivez la marche de ceux qui ont confisqué; est-ce de Paris qu'ils ont seulement opéré? Ils avoient, sur les lieux des districts, des commissaires qui faisoient le recensement des biens, procéder à leur estimation, à la vente ou plutôt au pillage, en exécution des dispositions générales de leurs prétendues lois, sans recourir à la capitale. Établissez dans les chefs-lieux d'arrondissement une commission de cinq à six hommes pris dans les divers cantons de cet arrondissement, désintéressés, éclairés, et surtout probes; que l'émigré soit obligé de leur mettre sous les yeux, avec sa requête, l'état des biens qu'il a perdus, avec note indiquant, 1°. leur valeur en 1791, et la preuve; 2°. dans quelles mains ils se trouvent aujourd'hui, et, s'il les possède, les contrats authentiques qui l'ont remis en possession; 3°. une déclaration signée des indemnités ou dédommagements, et même des décomptes qu'il peut avoir reçus, des bénéfices qu'il peut avoir faits, en cédant ses droits, ou revendant, etc. Cette commission, qui sera à peu de distance de chacun des biens aliénés, instruite par elle-même comme par la notoriété publique, pourra facilement vérifier les pièces soumises, et voir si on lui en impose: qu'on lui donne le droit de recourir à tous documents, de prendre des renseignements près des administrations locales, pour asseoir son opinion; qu'on l'autorise même à faire procéder à une nouvelle expertise des objets au besoin, avec obligation d'en communiquer le résultat à l'émigré, comme cela se pratique pour le cadastre, sauf à lui à payer les frais d'expertise nouvelle, s'il croit devoir se pourvoir contre celle de la commission, etc., et sûrement tout sera connu, la véritable position du réclamant aussi bien établie qu'elle le peut être par des hommes. Qu'ensuite le travail préparatoire de cette commission d'arrondissement et son avis soient soumis, si on le veut, au *visa* d'une autre commission départementale formée près du préfet, ou même au conseil de préfecture, pour être enfin adressée, à Paris, à la liquidation de la créance, sur laquelle on défalquera les dettes payées par le Gouvernement, en acquit de l'émigré, *s'il en avoit été acquitté qui lui appartinssent en propre*, et non par proportion et confusion de toutes celles qui ont été payées pour les émigrés, et que l'on feroit injustement supporter à tous, comme beaucoup le craignent, et qu'en effet on l'a cru pressentir. Pour ce qui est des rentes sur l'Etat, je n'en parle point, car le sens commun dit que rien n'est plus simple que de les restituer sur la preuve de leur existence, réduites, si l'on veut, au tiers consolidé, afin d'établir parité avec celles qui l'ont été ainsi. Telles sont, mon cher ami, d'abord, les bases que je crois devoir être prises pour l'indemnité des émigrés, et tels sont les moyens que je crois les plus propres à employer pour que cette indemnité soit répartie avec justice. En cherchant à établir ces bases, et en proposant ces moyens, je n'ai bien certainement en vue que l'équité; car, si, comme vous savez, je suis rangé dans la classe perdante, je suis plus que désintéressé. En effet, le mode que je propose, adopté, me feroit véritablement manquer à gagner, attendu que, d'un côté, j'ai racheté la plus grande partie de ma fortune au plus au denier dix, et même au dessous, tandis que les parents de ma femme, qui est aussi fille d'émigré, ont racheté pour elle les biens de son père, directement de la nation, à moins du quart de leur prix. Si l'on préféroit le système d'indemnité que l'on supposoit être celui de M. le duc de Tarente, c'est-à-dire à mi-valeur, je me trouverois des deux côtés dans les premières catégories que j'ai établies, et conséquemment avoir bénéfice. Mais aussi vous me connoissez, et savez que l'or n'est pas mon idole, ni l'ambition mon guide; quels qu'aient été mes sacrifices et les foibles services que j'aie pu rendre à mon Roi et à mon pays, je les ai regardés comme un devoir rempli, et n'en ai point réclamé le salaire en emplois, en secours : je ne veux pas davantage d'un gain qui ne m'est pas dû; mais j'ai toujours cru que justice étoit due à la classe malheureuse à laquelle j'appartiens; et, voyant qu'enfin, après dix ans de restauration du trône, on manifeste l'intention de la lui rendre, je desire que l'on ne s'écarte pas de cette immuable justice, ni dans son intérêt, ni dans celui de l'Etat. Je ne puis prévoir les objections que l'on pourroit opposer à mes idées; peut-être dans leur nombre, me fera-t-on celle que mon calcul est défectueux, par les proportions que j'établis, dans le nombre de ceux qui ont acheté de la nation d'abord, de leurs acquéreurs ensuite, etc.; que la proportion des deux premières classes n'est pas aussi forte que je le suppose, etc., et que la troisième, l'étant davantage, dérange tout. Sans doute, il faudroit des documents plus certains que je ne les ai, pour établir d'une manière précise ces calculs; mais je ne me crois pas toutefois loin de la vérité, et, je vous l'ai déjà dit, j'ai lieu de le penser. D'ailleurs, m'en fussé-je écarté d'un quart même, je ferai observer qu'en portant aussi le prix des biens directement rachetés au quart de valeur, ce taux se trouveroit sûrement, en réalité, exagéré, et rétabliroit la balance; car on sait qu'en l'an II et suivants, à peine ces biens ont-ils été vendus une ou deux années de revenu; et, dans tous les cas, les bases étant justes, les résultats le seroient, et l'essentiel est que justice soit faite, dût-on même payer quelque chose de plus, ou remettre à plus long terme le paiement d'un quart ou d'un cinquième de la créance. Jusqu'ici, on n'a semblé voir que l'énorme masse des biens confisqués, et cette masse ayant effrayé, on s'est retranché sur le salut de l'Etat, qui permettoit de la réduire à moitié, etc. Tel est l'esprit de presque tout ce que j'ai lu et entendu sur cette matière; et vous conviendrez qu'en examinant de près cette masse, elle n'est pas de nature à donner autant de terreur qu'on le pense. Si nos hommes d'Etat adoptent le système d'indemnité aux perdants, puissent-ils trouver à vous proposer des moyens à la fois meilleurs, plus simples et plus célères! J'y souscris volontiers d'avance; mais surtout que ces moyens ne s'écartent pas des principes que l'on ne peut détruire, car aucun but ne seroit atteint.

Je remets à une autre fois, mon cher ami, à examiner avec vous lequel il est plus convenable, sous différents rapports, d'indemniser, de l'émigré ou de l'acquéreur.

Recevez, en attendant, l'hommage des sentiments de votre ami,

Le Comte L. D.

TROISIÈME LETTRE.

Bretagne, ce avril 1824.

Dans ma dernière, vous avez vu, mon cher ami, que, suivant moi, les émigrés pouvoient être rangés, pour ainsi dire, par classes, et que leur position n'étoit pas semblable vis-à-vis de l'État; il en est de même des acquéreurs de leurs biens. Et, dans le cas où l'on se déterminât à indemniser ceux-ci, qui, en droit, sont soumis aux articles 10 de la Charte et 545 du Code, comme les autres, voyons ce qui seroit dû à chacun. Ces acquéreurs sont maintenant, ou ayant directement acquis et possédant sur leurs premiers contrats, ou acquéreurs de 2e, 3e, 4e main, etc. La propriété vendue est, d'autre part, devenue la dot des filles, l'hypothèque du créancier, etc., etc., etc. Ce sont ces subdivisions de droits et ce morcellement des propriétés qui ont tant effrayé jusqu'ici. Voyons s'il ne seroit pas possible d'aborder les difficultés que ces subdivisions présentent, et de trouver encore quelque économie pour l'État, en payant tout ce qu'on doit payer.

Supposons donc une loi qui, pour premier article, dise que l'émigré reprendra sa propriété foncière dans *l'état*, aussitôt qu'indemnité envers le possesseur aura été réglée et liquidée, sans revendication ni de fruits, ni de bois abattus, et avec l'obligation de payer à ce possesseur, après expertise contradictoire, le prix des édifices construits, usines établies depuis la confiscation, s'il y en a. Que devra-t-on à l'acquéreur dépossédé, s'il est acquéreur direct? Le prix de son contrat, les valeurs fictives, ou assignats, réduites comme nous l'avons dit; et certes il n'aura pas à se plaindre, 1° parce que, ainsi qu'on l'a vu, les biens n'ayant été vendus qu'un quart de leur valeur au plus, son argent lui aura produit, par les fruits de la terre acquise, vingt pour cent, et plus, pendant trente ans au moins, et certes c'est un plus fort intérêt que le plus beau placement à grosse aventure. 2° Il n'aura point à se plaindre, parce que, le plus souvent, il n'a même pas employé un seul de ses deniers pour acquérir; le bois ou les matériaux des bâtiments démolis ayant payé plusieurs fois le fonds. 3° Il n'aura point à se plaindre, parce qu'il n'a pu jusqu'ici posséder que par le privilége d'être à l'abri de l'ancienne disposition de résolution pour lésion, et de l'article 1674 du Code, véritable loi d'exception qui l'avoit mis au-dessus des autres citoyens. 4° Il aura peut-être encore moins lieu de se plaindre, si, comme *il en est beaucoup*, son contrat n'est pas en forme, *suivant même les lois du temps*. Il aura le capital qu'il avoit, ou qu'il étoit censé avoir déboursé; plus, d'immenses bénéfices; et certes lui-même, se rendant justice, pensera que le résultat est pour lui meilleur qu'il n'avoit eu lieu pendant longtemps de s'y attendre. Que doit-on à celui qui a épousé une fille dont le bien d'émigré fait la dot? Ainsi qu'au précédent, le prix d'acquisition première, et il n'aura point encore lieu de se plaindre; car, en entrant dans la famille de l'acquéreur, il a tacitement consenti à suivre les chances de sa fortune; de plus, il lui reste le droit de se pourvoir vers le beau-père, s'il existe, ou vers ses cohéritiers, pour obtenir récompense proportionnelle.

Que doit-on au possesseur de seconde, troisième ou quatrième main, etc.? Je pourrois laisser les jurisconsultes répondre seuls, et ils diroient que le droit du cessionnaire suit le droit qu'avoit le cédant; mais je ne me contenterai pas de cette réponse : j'ajouterai que le premier prix d'acquisition doit être d'abord remis au possesseur actuel par le Gouvernement, sauf à lui à se pourvoir vers son vendeur, pour régler la différence entre ce prix et celui qu'il a payé, et ainsi de suite jusqu'au premier acheteur qui seroit mis en cause; le tout avec compensation des fruits, et de l'intérêt du capital payé par chacun; et, dans le cas où le premier acheteur seroit insolvable, le recours auroit lieu vers l'État, qui seroit obligé de se mettre en sa place, le dommage ayant été causé par son fait, parce que les seconds contrats ont été passés sous sa garantie. Cette réponse est applicable aux expropriations forcées. Quant aux possesseurs par donation entre-vifs ou testamentaire, ils se trouvent dans la position de l'acquéreur direct, qui n'a pu les préserver plus qu'il ne l'étoit lui-même, de l'effet de l'article de la Charte que j'ai cité, et des réglements de comptes suivant des bases justes. Quant au créancier hypothécaire, il a recours de droit sur les autres propriétés de son débiteur, et, dans le cas où ces propriétés seroient insuffisantes, vers le Gouvernement : car c'est encore sous sa garantie que l'argent a été prêté; et si le premier prix d'acquisition ne remplit pas sa créance, on lui est comptable du reste. Mais qu'on se rassure ; jamais, je crois pouvoir le dire, cette créance hypothéquée n'égalera la valeur de l'objet ; elle se trouvera même toujours au-dessous du cours de ces sortes de biens dans le commerce.

Vous serez peut-être surpris, mon ami, que je ne vous parle point de l'acquéreur qui a revendu à l'émigré au denier dix au plus, après avoir acheté au denier quatre, même moins ; ce qui lui auroit causé un bénéfice dont il pourroit être comptable. Celui-ci a traité avec le propriétaire librement; et si la morale exige, pour l'exemple, qu'on ne laisse pas des gains disproportionnés et contre toutes les règles de l'équité, elle demande aussi que celui qui a été donné par ces acquéreurs reçoive sa récompense. Eux seuls ont su voir des frères malheureux dans ceux dont ils possédoient les biens, ou faire un acte de conciliation; et pour y parvenir, quoiqu'ils se soient réservés sans doute de grands profits, ils ont pourtant fait de leur côté des sacrifices plus grands encore, comme de jouissance, etc. Hélas ! pourquoi leur exemple n'a-t-il pas été plus généralement suivi ? Pourquoi ne l'a-t-on même pas encouragé d'un seul mot depuis 1814 ? La grande question qui nous occupe seroit aujourd'hui encore bien plus facile à résoudre. Pour ces causes, je suis donc pleinement d'avis qu'on respecte leurs contrats; et si l'on ne vouloit pas en payer tout le prix à l'émigré qui a racheté, ce qui pourtant est juste, mieux vaudroit peut-être lui donner mi-valeur; la perte d'un grand nombre seroit au moins peu considérable.

Ces différentes hypothèses établies, il nous reste à voir d'abord si l'État gagneroit à indemniser ces acquéreurs au lieu des émigrés, sous le rapport d'argent; nous nous occuperons ensuite de la partie morale. Prenons encore la proportion de cent mille francs de propriétés vendues, qui est la même que nous avons déjà prise, et disons : 1° Un tiers a été racheté par les familles d'émigrés, comme nous l'avons dit, à un quart de valeur, et coûteroit à l'État d'indemnité vers ces familles (négligeant, comme d'abord, les fractions trop petites) 8,333 f. 33 c.

Un tiers seroit à payer aux émigrés qui ont racheté des acquéreurs, estimé au plus au denier 10 ou mi-valeur.	16,666	66
Partageant le dernier tiers en deux parts, nous dirons : un		
	24,999	99

De l'autre part. . . .	24,999 f.	99 c.
sixième au moins est encore aux mains du premier acquéreur, et seroit payé quart de valeur. . .	4,166	66
L'autre sixième, comprenant les acquéreurs de première et deuxième main, les créances hypothécaires, les insolvables, supposés coûter au plus à l'État le denier 10 encore après précompte.	8,333	33
Forme un total dû pour indemnité, de. . . .	37,499 f.	98 c.

Or, si l'État consacroit, pour payer toutes ces propriétés à mi-valeur, cinquante mille francs, vous voyez qu'ainsi payées, il y auroit pour lui une économie de treize mille cinq cents francs deux centimes, c'est-à-dire près d'un quart; et, supposé que je me sois trompé dans mes appréciations, soit en moins sur le nombre des familles d'émigrés qui ont racheté directement, soit en plus sur celles qui ont racheté au denier dix, soit en moins sur les acquéreurs de deuxième et troisième main, etc., et que vous m'objectiez que j'ai passé sous silence les possesseurs dont les contrats ont été approuvés par l'émigré, et qui doivent être inviolables, avec une indemnité de plus du denier dix dû à ce dernier, je vous répondrai que vous avez ce quart pour rectifier mes calculs, avant d'être en déficit, et qu'encore, de cette manière, justice seroit rendue à tous, sans que l'Etat fût obligé d'augmenter les sacrifices, si, comme je le répète, parce que j'en suis convaincu, il n'y avoit pas, en suivant ce mode, économie réelle. Or, n'y eût-il que balance, il devroit être préféré sous plus d'un rapport : d'abord, par sa grande facilité d'exécution, parce qu'il n'est question chez tous les intéressés que de représenter des contrats et actes authentiques à la commission nommée *ad hoc*, et que l'on évite les recherches longues et souvent infructueuses des archives départementales, etc.; ensuite, parce que l'émigré ressaisi de sa propriété, son créancier peut à l'instant se présenter vers lui, et le Gouvernement même à ce titre, s'il a acquitté de ses dettes. Mais ce n'est pas tout, mon cher ami; si ce mode offre des avantages qu'on ne peut contester sous le rapport pécuniaire, de quelque façon qu'il soit examiné, ceux qu'il présente sous les rapports moraux, bien plus essentiels, sont incalculables. De tous les écrivains qui ont depuis quelque temps traité cette matière, M. Bergasse est celui qui, sans contredit, a mieux vu l'influence de la possession de la propriété immobilière sur la politique et le moral d'une nation, et qui a présenté véritablement les deux genres de propriétés sous leurs différents points de vue; aussi cet homme judicieux ne balance-t-il pas à dire nettement, d'abord, qu'il n'y a qu'un moyen de détruire les funestes effets des confiscations : *celui de rendre la propriété* confisquée à son premier maître; et lorsqu'en lisant le *post-scriptum* de son excellent essai, on s'aperçoit qu'il a modifié son opinion, on croit voir en même temps que ce *post-scriptum* est un acte de complaisance pour les idées du moment, et, pour ainsi dire, le passeport de l'ouvrage, avec lequel il n'est vraiment plus en harmonie. En effet, mon ami, une indemnité d'argent donnée aux émigrés, fût-elle même pleine et juste, rendra bien, dans l'avenir, la valeur de leurs propriétés vendues, égale aux autres dans le commerce; mais le vieil adage est là : *Res clamat Domino*. On n'en dira pas moins encore long-temps : Cette terre appartenoit à M. N...; celui qui la possède ne l'a payée qu'une année de revenu, une coupe de bois, quelquefois une paire de bœufs ; et tant que cela sera répété, la confiance et la considération du possesseur en souffriront dans son canton, qu'il n'osera habiter peut-être, de peur que le plus petit propriétaire ne l'expose à rougir, en lui disant, dans un moment de colère ou par un mouvement de jalousie : Je n'ai qu'un petit champ, mais il étoit à mon père, ou je l'ai acquis et payé sa valeur du fruit de mon travail ; et votre belle ferme de...!!

D'autre part, il le faut dire, car c'est fort heureux, la France n'est pas, malgré sa révolution, un pays qui soit sans religion ou qui en ait changé, en un mot, qui ait tout-à-fait abjuré sa vieille morale et ses anciennes et saintes croyances. On y trouve sans doute des impies, des philosophistes, etc.; mais en masse, on n'en peut disconvenir, cette France est encore chrétienne, catholique, religieuse, et l'on doit s'apercevoir que, de tous côtés, comme dans toutes les classes, elle tend à le redevenir de plus en plus, entraînée, aux yeux de l'observateur, par la main de la Providence dans une pente irrésistible. Or, dans ce cas-ci, l'indemnité d'argent à l'émigré n'ôte point, aux yeux du plus grand nombre, le cachet d'injustice à la possession de son acquéreur ; et si cet acquéreur, retenu par son indifférence, ne remplit pas les devoirs de la religion, il scandalise une grande partie de ses concitoyens, tandis qu'ils sont encore peut-être plus scandalisés de le voir approcher de la Table sacrée de celui qui a dit que nul n'entreroit dans son royaume les mains pleines d'injustices. Ajoutez à cela, mon ami, que ce possesseur sera encore pendant long-temps, comme aujourd'hui, restreint dans ses rapports sociaux, dans ses alliances, par exemple, etc.; et pourquoi? parce que sa possession n'est et ne sera point encore en harmonie avec celle des autres. Enfin, je ne craindrai pas d'ajouter qu'à ses propres yeux, ce possesseur ne seroit pas absous; et je suis sûr que si maintenant on consultoit les plus impartiaux d'entre eux-mêmes, s'ils n'adoptoient pas le mode que je propose, parce qu'ils regretteroient de manquer à gagner, du moins ils consentiroient, proposeroient même volontiers de contribuer d'assez fortes sommes à l'indemnité du propriétaire, en acquit de l'Etat, pour ôter à leurs possessions la tache qu'ils y trouvent; et j'avoue que si ces possesseurs étoient bien conseillés dans ce moment, ils n'auroient rien de mieux à faire, suivant moi, que de présenter la *proposition formelle* de payer la plus-value de leurs acquisitions. Si leur intérêt momentané en souffroit, ils se placeroient sous le jour le plus favorable, et ils gagneroient beaucoup dans leurs rapports avec le reste de la société. Que ne pourrois-je pas ajouter encore !!!

Vous pensez bien, mon cher ami, qu'après ces dernières considérations, et toutes celles que l'on peut pressentir, le mode d'indemniser les acquéreurs, comme je viens de vous l'exposer, me semble bien préférable à l'autre. Vous avez eu la bonté de me demander ma façon de voir, et je vous la soumets avec confiance. Probablement le parti que l'on adoptera aura peu de rapport avec ces idées. Je vous l'ai déjà dit, puisse-t-il être le meilleur ! c'est mon plus sincère desir ; mais, ne voyant que des masses, si on s'éloigne des bases que j'ai présentées, j'ose dire que la justice ne sera pas faite, et qu'aucun but moral ni politique ne sera atteint. Au surplus, le gouvernement veut-il suivre le vœu général, qu'il le consulte ; qu'il fasse pour cette question comme pour celle de la septennalité ; qu'avant de rédiger son projet, il la laisse avec toute liberté traiter dans les brochures, épuiser dans les journaux ; et lorsque la session prochaine s'ouvrira, l'affaire sera toute instruite.

Quant à vous, mon ami, qui êtes appelé à la noble tâche de prendre part à une discussion si importante, ne perdez pas de vue, je vous en conjure, que les intérêts qui vous seront soumis à régler, sont ceux de vos concitoyens en général, tant dans l'Etat qui les représente tous, que dans les deux classes, sur ceux desquels vous avez plus particulièrement à prononcer. Soyez juste, ou plutôt suivez, *sans égard et sans crainte*, votre équité naturelle; pesez à cette balance ce que l'on doit à la foi jurée sans doute, mais songez que le contre-poids se compose des *droits sacrés et imprescriptibles* de la veuve et de l'orphelin, des longs malheurs et de la fidélité; soyez, s'il est nécessaire, leur avocat contre ceux qui voudroient les fouler aux pieds. Je pourrai vous dire alors : Tous les Français vous écoutent;

« Est-il, pour un esprit solide et généreux,
» Une cause plus belle à plaider devant eux. »

Surtout ne croyez pas qu'il vous soit loisible de *trancher à votre gré* sur tous ces droits précieux, et dont le réglement doit avoir de si grandes conséquences. S'il s'agissoit d'une loi de secours, la quotité seroit à votre disposition; mais il ne peut en être ainsi : il s'agit de payer une dette dont le montant est *fixé par des titres;* on la peut payer à *tel* ou *tel*, de telle ou telle façon; voilà ce que vous avez seulement à décider ; il ne sauroit *vous appartenir de la réduire*. M. de Montlozier, que je citerai encore, raisonnant en droit, affirme, comme jurisconsulte, qu'un émigré pourroit assigner le monarque dans la personne de son garde-des-sceaux, d'abord en réglement de juges, ensuite pour voir *prononcer l'indemnité*.

C'est votre tribunal que notre bon Roi, comme chef de l'Etat, désigne de lui-même ; il ne peut vouloir rien vous demander d'injuste : songez qu'il est le petit-fils et qu'il occupe le trône de ce prince de sainte mémoire, qui ne voulut pas laisser tromper même ses ennemis sur le prix de sa rançon ; surtout, puisse cet adage fameux que l'on a tant prodigué, ne pas vous en imposer ! Je ne conteste pas le principe que renferme le *salus populi suprema lex ;* mais il a trop souvent servi de manteau au crime ou à la foiblesse ; et je me crois en droit de contester la justesse de son application le plus ordinairement, lorsque je le trouve dans la bouche des proscripteurs romains comme des proscripteurs français, dans celle de Roberspierre dressant avec ses pareils l'échafaud de mon Roi, inondant de sang les places publiques, comme en celle de Napoléon ensevelissant nos générations dans tous les coins de l'Europe. Si on vous l'oppose cet adage, comme obstacle à ce que tout le bien possible soit fait, ne balancez pas à répondre que ce que le salut du peuple exige, c'est que l'on arrête la corruption de ses mœurs, et qu'on lui montre les vrais sentiers de la justice, dans lesquels on doit marcher devant lui.

Les spoliations sont, ainsi que les jugements de 1793, le côté honteux de la révolution ; c'est pourquoi le parti que l'on nomme libéral doit desirer lui-même que l'on remédie à leurs effets qui jettent un odieux vernis sur sa cause : aussi, généralement il le demande. L'avarice tend malheureusement trop à devenir le péché français ; mais toutefois il ne l'est pas encore ; et ce sera moins la quotité des bénéfices faits, l'intérêt particulier des possesseurs actuels de domaines d'émigrés, que défendra l'opposition du côté gauche, que le droit d'aliénation de ces biens, parce que celui-ci tient à la souveraineté du peuple, qui, suivant elle, est celui de toute la révolution. En effet, la légitimité est une : tout en France se succède d'après cette maxime juste et sacrée : *Filius ergò hæres ;* et si l'on accordoit que les assemblées constituantes, conventionnelles, etc., en confisquant, ont usé d'un droit réel, il seroit difficile de leur contester celui de tous leurs autres actes ; et il ne faut pas oublier que les auteurs des lois sur les émigrés ont aussi rendu celles du mois de décembre 1792, sur l'hérédité de nos souverains. D'ailleurs, les gains des acquéreurs ont été si disproportionnés aux yeux de tout homme seulement raisonnable, quelle que soit son opinion, s'il est désintéressé, que ce n'est pas pour l'orateur la belle partie ; c'est pourquoi je le rejette. Je crois qu'en quotité ces bénéfices seront médiocrement défendus. Le nombre de ces acquéreurs possédant encore est loin de faire la plus grande partie de la nation, comme on auroit semblé le croire, et l'on peut ajouter qu'il n'est même pas aussi grand qu'on se l'imagine ; car, en 1815, je crois en avoir vu le recensement, qui ne se montoit qu'à soixante-quinze mille familles. Or, fût-il de cent, multiplié par cinq, cela feroit cinq cents mille individus. Il en est de même des émigrés. Ainsi, comme un million d'hommes ne fait que la trentième partie de la nation, on peut dire avec raison que leurs intérêts ne sont pas importants sous le rapport des chiffres, mais bien sous celui de la morale et de la politique. Le principe des révolutions a été déjà attaqué à Cadix : s'il est vaincu ici, c'en est fait, car c'est son dernier refuge.

Je ne puis prévoir, mon cher ami, quels seront les termes et les considérants du projet de loi qui sera présenté; mais au moins le ministre qui l'apportera à la Chambre sera-t-il dispensé de dire, comme M. Ferrand en 1814 : « Les lois sont souvent méditées dans la sa» gesse, et rédigées d'après les circonstances. » Maintenant les circonstances sont opportunes, il en faut convenir; et si le projet n'étoit pas médité dans la sagesse, s'il ne remédioit pas au mal, s'il n'atteignoit pas les différents buts que l'on se doit proposer, on seroit cette fois sans excuse; car la crainte ne peut influer sur la marche à tenir. Que pourroit-on sérieusement craindre? Je ne sais si l'on connoît à Paris l'influence politique des possesseurs de biens d'émigrés, mais vous savez ce qu'elle est; on la connoît en province!! Quant à la masse de la nation, ce qu'elle craint, c'est de payer pour obtenir à cette classe plus de tranquillité, et plus de bénéfices encore, par l'élévation de prix, de ces possessions, sans que plus particulièrement elle y contribue. Et, je le répète encore avec M. de Montesquiou, parce qu'on ne peut trop le redire, la masse de cette nation française a faim et soif de la justice; qu'on ne s'en écarte pas, et elle sera satisfaite. Espérons que, dans l'intérêt général, en tout on suivra la ligne que cette justice seule doit tracer, et que le Gouvernement, comme les Chambres, l'ayant de bonne foi suivie, autant que possible, dans les grands intérêts sur lesquels nous venons de jeter un rapide coup-d'œil, votre président sera dispensé de dire aussi, comme M. Lainé, la première fois qu'il en a été question : » *Je ne retracerai* » *pas tout ce que la discussion dont vous vous* » *êtes occupés a de remarquable; c'est à l'his-* » *toire à peindre les inquiétudes d'une assem-* » *blée occupée à réparer quelques-uns des dé-* » *plorables effets des confiscations, et qui,* » *dans les élans de sa justice, n'est retenue que* » *par la crainte d'aggraver les maux de la* » *patrie.* »

Les maux de la patrie ne peuvent être aggravés aujourd'hui que par l'insuffisance du remède qui laisseroit subsister les causes de divisions funestes entre concitoyens ; divisions que, pour ma part, je voudrois bien sincèrement éteindre, fût-ce au prix de mes sacrifices personnels. Le desir manifesté par le Roi, l'esprit du Gouvernement et des Chambres ne permettent pas de douter que l'on veuille enfin s'occuper d'en tarir la source. Si M. le ministre actuel de l'intérieur est chargé de porter la parole en présentant la grande transaction nécessaire, qu'il se rappelle avoir dit *qu'on ne pouvoit trop se hâter d'y consacrer son or le plus pur.* Mais qu'on ne s'y trompe pas ; si cet or n'étoit consacré qu'à une loi de secours, les déplorables effets des confiscations seroient loin d'être détruits, et ils influeroient encore trop long-temps sur les relations sociales comme sur la politique. Il suffit de quelques réflexions pour s'en convaincre. Tels sont, mon ami, aussi succinctement qu'il m'a été possible de vous les soumettre, les idées que votre amitié m'a autorisé à vous offrir ; puisse-t-elle les recevoir avec indulgence ! Vous sentez de combien de développements elles sont encore susceptibles ; mais afin de n'être pas trop long, j'ai pensé qu'il suffisoit d'un aperçu, ou plutôt, comme je vous l'ai dit, de poser des bases. Franchement, je crois celles que j'ai établies les seules admissibles par l'équité, dans l'intérêt de l'Etat, comme dans celui des intéressés, et surtout de l'avenir, même sous plus d'un rapport. Rendez, je vous prie, justice à ma bonne volonté, et au desir de vous être agréable ; il est une conséquence de la sincère amitié de votre serviteur,

le Comte L. D.

P. S. Je suis loin d'avoir encore examiné

sous toutes ses faces une aussi intéressante matière. Lorsqu'on s'en occupe, les idées se pressent en foule, et l'esprit s'élève aux plus hautes considérations : sans doute celles-ci seront toutes présentes dans la discussion. Quelle influence cette discussion doit avoir sur l'avenir de la société, non-seulement en France! puisse-t-on en sentir toute l'importance, et ne pas perdre de vue un seul instant que, quel que soit le résultat, il aura ses conséquences; quel que soit le jugement, il y aura appel à un tribunal suprême que nul ne peut décliner. Le juge, assis sur ce tribunal, est celui de *qui relèvent tous les empires*. Non-seulement il a dit à l'homme : Tu ne déroberas point; mais il ajoute dans le Lévitique : *Je suis le Seigneur votre Dieu; gardez mes lois et mes ordonnances.... Vous ne commettrez point d'injustices dans les jugements, etc., etc. Mais si vous ne m'écoutez point, etc., etc., tous vos travaux seront inutiles, etc., etc., etc...* Lisons l'histoire, et nous verrons qu'ici-bas, même dans son gouvernement temporel, il ne laisse pas impunie l'infraction de ses lois immuables; son bras s'appesantit sur les nations qui les méprisent. Ces terribles menaces : J'enverrai contre vous l'épée, etc.; je changerai vos villes en solitude, etc.; je rendrai déserts vos lieux saints, etc., ne sont pas vaines, nous l'avons nous-mêmes éprouvé; et si l'on veut obtenir sa miséricorde, on ne peut trop se hâter de rentrer dans les sentiers de sa justice.

www.ingramcontent.com/pod-product-compliance
Ingram Content Group UK Ltd.
Pitfield, Milton Keynes, MK11 3LW, UK
UKHW021135230726
13926UKWH00002B/808